句集

くれなゐ

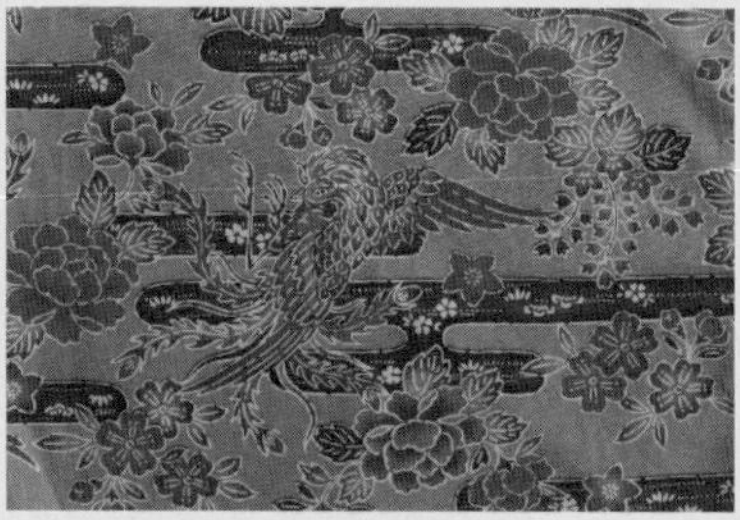

中西夕紀

本阿弥書店

句集　くれなゐ＊目次

装幀　渡邉聡司

句集

くれなゐ

中西夕紀

青嵐

漢ゐて火を作りをる春礦

菜畑の坐り仕事や雀の子

金縷梅の光を人も纏ひけり

蝌蚪孵りけり泡立ちつ苛立ちつ

垂るる枝に離るる影や春の水

干潟から山を眺めて鳥の中

橋くぐる船を見送る桜かな

花びらの水くぐらせて魚捌く

船団の一艘に旗若布刈る

藤棚にそよりと人の来てゐたり

逢ふよりも文に認《したた》め西行忌

仏具屋に玩具も少しつばくらめ

囀や本に二本の栞紐

足高く上げるレッスン鳥雲に

十までを数へて雀隠れかな

真ん中の一鉢抜いて買ふパセリ

花栗の一山揺する香なりけり

口開けて蛇抜け出でし衣ならむ

花桐の奥に灯の点き船着場

青嵐鯉一刀に切られけり

颯と風釣忍より水ぽとと

ほうたるに二合半《こなから》酒となりにけり

白地着てそれはきれいな眉の形

結はれゆく髪つやつやと祭笛

声の人ひよいと顔出す古簾

混み合へる仏壇を閉ぢ夏布団

息つかず飲む牛乳も帰省かな

店奥は昭和の暗さ花火買ふ

汗拭ひ眩しき顔のあらはるる

花屋から水掃き出され夏の暮

葦戸より手が出て靴を揃へけり

かなぶんのまことと愛車にしたき色

曳航のヨットは色を畳みけり

空耳に返事などして涼新た

風入れに帰りし家や花木槿

空き箱に蓋見つからずちちろ虫

穂草引き弟もまた父を恋ふ

魚目先生は

葉書より老の胆力白木槿

こほろぎやまつ赤に焼ける鉄五寸

戸障子のなき家なれど月今宵

橘の実を頂いて奈良にをり

飛火野の小鹿は草の露まみれ

遠く見し煙はこの火菊畑

火に対ふしづけさとあり秋の昼

戸を鎖せば谷の深きにけらつつき
鹿の声山よりすればば灯を消しぬ

明日のため砥ぐ包丁に月寒し

魴鮄の多恨の顔に揚がりけり

セーターの魚を食うて来し匂ひ
あをあをと雪の木賊の暮れにけり

読む文に猫の居座る冬日和

手袋の指人形は君が好き

信号の青に誘はれ鯛焼屋

笑ふ顔集まつてゐる五万米《ごまめ》かな

雪ひとひら飛んで来たりし初芝居

抱かれをる嬰も氏子や霜柱

貰ひ子をして長生きのちやんちやんこ

毛糸帽被りて才気消されけり

雪搔きに古看板を使ひをる

湿布薬じんと効きをり寒椿

桐筥

雪解や黙つて歩く僧の後

海賊も廓もむかし若布干す

つばくろや飛白の空の残されて

夕映の窪みに村や春の富士

花の闇異形のものを祀りゐる

隙間より花の日差や籠堂

好色一代女と春のひと夜かな

芸事の師は年下や春障子

春愁のバンドネオンのぶんちやつちや

ふらつくを亀の鳴きたるせゐにして

乱鶯の日向へ顔をあづけけり

桐筥に涼しく納め藩政誌

みんみんや死を賜りし人の墓

十聞いて欠伸がひとつ未草

筆圧にペンみしみしと雲の峰

窓のなき小屋に僧入る日の盛

白き手に袖摑まるる祭かな

蜜豆の豆を残して舞妓はん

一生に一茶二万句三光鳥

山雀や其角に高利貸の句も

西鶴の美女は胴長竹床几

百物語唇なめる舌見えて

大枡のぬらぬら赤き金魚かな

金魚屋の猫の名前の悪太郎

金魚百屑と書かれて泳ぎをり

くらがりにゐて蘭鋳の鉢明り

男客のそりと座り夏芝居

花道に涼風たちて仁左衛門

男伊達此方を向いて涼みなせい

雨降りの海の匂へり夏芝居

出羽三山神社　四句

山頂は雨降るばかり鵙《しめ》鳴けり

秋蝶や湯殿の神の照りまさり

新酒酌む奥の暗きがわが寝所

穴惑見しも秘事とす湯殿山

こほろぎや何はさておき手を洗ひ

刃となりて月へ飛ぶ波沖ノ島

木の影をたどればベンチ小鳥来る

嬰のごと濡るる胡桃を取り出せり

寂しがる母もう居らず林檎の香

母は六十九歳で病死

しみじみと手を見て死にき枇杷の花

湯冷めせり同じ画面のニュースまた

火事見しと耳赤くして帰り来ぬ

マスクして葬の遺影と瓜ふたつ

大仏に高き鼻あり煤払

寒の鐘素足の僧の走り抜け

白菜の観音顔を寄せ合へり

不貞寝せし太夫もをりし屛風かな

木の揺れの光のゆれの冬の鳥

初春の船に届ける祝酒

口角をあげよと鬱の初鏡

読初や仏教漢語飛ばしとばし

大いなる山裾迫る猟師小屋

皺くちゃな紙幣に兎買はれけり

猪皮を塀に相模の猟師なり

湧水に青淵つくる氷湖かな

寒晴やきらきらきらと鳶糞りて

義仲を育てし谷の雪煙

笑みこぼすやうに氷の雪吹かる

野守

兄弟を踏みつけてゆく雀の子
はこべらや一人遊びの独り言

薄氷や滑つてゆきしあれは鳥

梅林の一本松に茶店あり

ゴム長の一人加はり大試験

軸装の手紙読み呉れ雛の家

北海道　空知　七句

麦の芽やお助け川は昔の名

信号に止まり狐と別れけり

冴返る空を巴に尾白鷲

アイヌ語で男根といふ春の山

札幌　北の虚子忌俳句大会

大鍋に牛乳沸ける虚子忌かな

池を発つ帰雁の波の幾重にも

依田明倫さん

干鱈しやぶりながら語れる開拓史

花を描き交互に使ふ筆二本

甥を下宿させる

これつぽつちの本を並べて入学す

鳥帰るナイフの疵の古机

皿のもの透けて京なる端午かな

緑蔭の男女のどれも恋に見ゆ

伯母逝く

手を摩りをれば伯母逝く柚子の花

伯母も吾も子の無き同士青ふくべ

散骨の骨を摑めば南風

炎帝へうなじを伸べて祈りけり

もう誰のピアノでもなし薔薇の家

火涼し真言声に出してこそ

太鼓打つ貝殻骨を涼しとも

学僧に鉄筋の棟大西日

吊革に立寝の人や遠花火

海の日を車中に入れて帰省かな

夏の月湯舟の夫の歌ひをる

枇杷を剝くことならできて末席に

泡消えしビールの前のふたりかな

髪の根に汗光らせて思念せる

青大将逃げも隠れもせぬ我と

戦争を見し石鳥居草を刈る

小諸虚子記念館館長さんへ

短冊一葉冷し胡瓜の礼とせり

眉涼し坂に育ちし小諸人

駅に買ふトマトにいまだ日のぬくみ

俎板の鯉の水吐く青葉かな

山楝蛇木を移らむと空飛べり
九蓋草野守は傘をささず来ぬ

落葉松はけぶれる木なり夏の果

飛び回る蝙蝠ひとつ小諸駅

手話の子の手も笑ひをり花木槿

ねこじやらし一本抜いてまた明日

霧に飛ぶ礫は鷲《のすり》頭上へも

桃あかし横引く雲を浅間山

かりがねや地図に緑のわが故郷

転居せむ風船葛増えにふえ

置く皿の影の二重に秋深し

悼　井上田鶴さん

つぶやきにひらめきありし衣被

宇野千代を見習ひたし

恋数多して長生きの砧かな

日陰から見れば物見え一茶の忌

今にして母の豪胆緋のマント

初乗のやはり眠つてしまひけり

同舟のひとり火鉢を抱へゐる

鴨撃ちの一羽一羽に触れ数ふ

大榾や隣へ来よと目の誘ふ
豆腐煮るうゐのおくやま来し鴨と

緑蔭

山椿かごぬけ鳥の夕べ群れ

モーツァルトかけてもの縫ふ蝶の昼

大庭紫逢さんを高知に見舞ふ　三句

先輩は短気なれども桜餅

和む目と鬢の白さや春の山

笑顔見に寄りたるまでよ春帽子

どろめ食ぶ土佐の霞の如きなり

ぶら下げて女遍路の荷沢山

逝くつもりなかりし母の遍路杖

春障子ひと夜明ければ旅に慣れ

瞳の奥に深き淵ある遍路かな

ぼうたんや路地の明るき曲り角

落ちし蟻しばらく泳ぐ田圃かな

さみだれのあまだれのいま主旋律

片減りの靴に傾き梅雨の駅

悼　大庭紫逢さん　四句

本読むと大緑蔭へ行かれけり

噎せ返る百合の小路を残さるる

白鷺やいつよりありし死の覚悟

「都市」に「現代川柳考」連載

夏萩に遺稿の尽くす誠かな

蘆の中蘆笛鳴らせ無為鳴らせ
振り返る人に応へて登山杖

星見えぬ街となりけり金魚に灯

ブルースの息に聴き入る緑の夜

海側を灯してをりぬ夏館

序の舞といふ絵に戻り涼みけり

鼻先に来てとんばうの脂顔

星祭一本足で鳥眠り

走馬燈囲む家族を道に見て

西瓜浮く井戸ありギター弾いてをり

どろどろと太鼓の呼べり盆の島

渋声の恍《とぼ》けし唄に踊りけり

彫物の皺む太腿踊りけり

深々と海へ踊の手を合はす

南無阿弥陀《なんまいだ》と歌ひ終はりし踊かな

捨猫に日数の汚れ月見草

きちかうや屈む少女に背の窪み
ばらばらにゐてみんなゐる大花野

声届く二人の間の真葛原

あと二十日煮芋ころがす芝居かな

膝で折る枝のこだまや冬の山

北風や托鉢僧は鼻並べ

明けてゆく海に一点鷹飛べり

女より眉細うして鮫曳き来

冬かもめ異教の墓の高々と
羽織りたる絹のぞよめく敷松葉

鉤に吊る鶏や家鴨や年の暮

歳月の手触りなりし毛糸帽

初雀刃渡り長き風に乗り

笛一管一節切なり初稽古

稽古場のよき香に熾きて桜炭

羽子板に欲し色悪の役どころ

初荷来る人の出入りの鈴鳴らし

軒氷柱目覚めて遠く来たるかな

干菜風呂干菜袋を背に圧せり

山襞を白狼走る吹雪かな

魚目先生から毛筆の葉書

読めるまで眺むる葉書雪あかり

探梅や神を封じし岩に坐し

墨書

十七階に引越す

色に満ち雪解の街の地平まで

死してより親しき人よ梅白し

雛の灯のほのと明るき二階見て
台に布ひろげて店やいぬふぐり

板を切る押さへに子供下萌ゆる

月の崖箔の花びらこぼれけり

勝ちしこと馬にもわかり春の風

切株に坐ればば斜め鳥帰る

溶岩の縄目模様や青き踏む

大声よ山鶯もをさな児も

ぶらんこやたぶん失恋した少女

榛の花空に語りしことあまた

緑さす文箱の上の薄埃

梅雨深し赤き肉より赤き汁

熱帯魚雲の如きを吐きにけり

灯に透けて海月も泡も生まれたて

鯛ほぐし大骨小骨南風

竹煮草何に憑かれて走りしか

父の日の心配さうな目に会へり

光源は泰山木の端の花

殺すかもしれぬ毛虫を離れけり

ぶら下がる芭蕉の花の気鬱かな

繰り返す言葉やすらか未草

茶柱のやうに尺蠖立ち上がる

飛んでゐる蟬を喰らうて池の鳥

洗ふごと涙流せよ日焼の子

禱り

沖縄も本土も島や星祭

葉の尖に潮のひかりを砂糖黍

ガジュマルの夕影つくり盆の唄

指笛の翁おどけて島踊

習ふより長く教へて踊りけり

鶺鴒やふと姉の眼のさみしげに

終戦日空に濃き雨うすき雨
白波の闇を寄せくる秋簾

鈴虫を分けていただく硝子鉢

紙を切るわが音とゐる良夜なり

簡潔な宿の英文小鳥来る

かりがねに峰の観音開きかな

悼　宇佐美魚目先生　四句

先生のペンは撓へり梅擬

書の中の古人となる花すすき

無患子や死して冥しと空海は
邯鄲や墨書千年ながらへむ

竹伐りの竹曳く道も竹の中

煮る餡の撥ねたる熱さ冬はじめ

ころぶこと鳥にもありて冬の草

冬の幹大日如来おはします

人逝きてわれに残りし鷹の空

梟の月磨ぐ声と聞きにけり

業深く生きて霜焼また痒し

木の中のわづかを速し寒の鳥

枯れを来て猫も話がありげなり

さきいかを誰か出しをる暖房車

「都市」十周年

一振りの太刀を受け取り舞始

光塵の中に鹿立つ枯木山

冬日

春光の野に飛ばさるる紙は鳥

古草の光ためゐる汀かな

群青の山並越えよ半仙戯

春風や脱ぎし帽子を脇挟み

ほつそりと春袷着て恋もなし

紅梅やテントの中の十五席

ひろげたる紙に数式蕗の薹
握る手を握り返さぬ受験の子

小流れに光の窪や雛祭

裸婦のごとき白き鈴懸芽吹きけり

海苔掻の雨に貼りつく額髪

鎌倉の砂付けて来し干若布

こぼれつつ繫がる火屑桜の夜

山霞み抓み上げたきほどの家

若きわかき伍長の墓やつくしんぼ

万歳をしてをり陽炎の中に

つきあぐる笑ひなるべし田の蛙

高枝の小綬鶏来いよこいよ恋

波音を夫の言ひけり春の闇

鯖〆て平成の世も暮るるかな

風薫る短き手紙出してより

かきつばた一重瞼の師をふたり

魚目先生の思ひ出

目を閉ぢて教へ賜ひし青簾

黙考の師を取り囲む団扇かな

緑さす顔《かんばせ》われに笑みたまふ

逢はぬ間に逢へなくなりぬ桐の花

かたつむり雨に眺めて旅の刻

涼しさに寝惜しんでゐる灯なり

鮎釣の見えざる足が石摑む

鮎汲の網を畳むも川の中

関の鵜飼　五句

鵜を起こし鵜匠の一日始まりぬ

男涼し風折烏帽子巻きあげて

ひつぱれる鵜縄へ火の粉降りにけり

鵜篝の舟の人消す煙かな

鵜匠去る一の荒鵜の籠さげて
線刻の岩いちまいを滴れる

ひまはりは整列の花唄ふ花

蛇踏んで一日浮きたる身体かな

弱音出て来さうな汗を殺しをる
今もふたり窓に守宮の登りゆく

旅にゐて塩辛き肌終戦日

無視されてゐる静けさの秋扇

暗がりを子のよろこべる月見かな

石占の石に額づきさやけしや

日の去れば月に干さるる茸かな

松茸にあらねど松の茸なり

小鳥来る礎石の穴は水ためて

火を守る暗闇にをり露の中

けぶりをる堅田の雨の新松子

舟人の濡れて着きけり山の霧

大学も冬へ銀杏の鉾並べ

鉄斎を一幅見せむ風邪ひくな

普段着の父母若し七五三

マスクして神官いよよ白づくめ

口中の舌のごろつと年つまる

鶴飛ぶや夢とは違ふ暗さもて

水揺れの冬日に酔うてゐたりけり

白襖声に覚えがあるやうな

一席を設けて雪見障子かな

日の没りし後のくれなゐ冬の山

句集　『くれなゐ』畢

あとがき

「都市」を始めて十二年が過ぎ、第三句集『朝涼』を出してから九年が過ぎました。この句集は平成二十三年秋から令和元年暮までの作品を納めました。自分なりですが、句材を広げ、色々な詠い方を試みました。特に吟行では、小さなものたちの命を描きたいと思い、旅吟では、その土地への思いを下敷にして風景を描きたいと思いました。そして漢字一字の詠みこみ題詠では、自在な発想で切れ味の良い句を作りたいと願いました。

今回の句集は、年代順ではなく、ささやかですが、テーマを決めて章立てをしました。

この間、俳句の精神を教えて下さった宇佐美魚目先生と、幼いころから可愛がってくれた伯母が、共に九十代で亡くなり、また、「鷹」時代、編集部でお世話になり、「都市」に原稿を書いて下さっていた大庭紫逢さんが、連載中に病気のため六十代で亡くなられたのは痛恨事でした。

明るい話題では、毎年小諸で開催される日盛会に十一回の内、十回参加することができました。そして、もうひとつ、毎年奈良の句友宅に泊めて頂き、奈良吟行を続けて、こちらも十一年になります。継続は力と言いますが、小諸と奈良から受けた恩恵は計り知れません。これも俳縁のお蔭と思っております。この他にも、多くの俳縁に恵まれましたことを感謝しております。

出版にあたり、畏友から親身な助言を頂きました。また、本阿弥書店の黒部隆洋氏に大変お世話になりました。最後に一緒に句会をして下さった句友の皆様にお礼申し上げます。

二〇二〇年　ゆりの木の花が咲いた日に

中西　夕紀

著者略歴

中西夕紀（なかにし・ゆき）

昭和28年9月4日東京生まれ
昭和55年　夫の転勤先の松本で、宮坂静生の指導のもとで俳句を始め、「岳」に参加し20余年在籍
昭和57年　夫の東京転勤により、宮坂静生の勧めで「鷹」に入会し、藤田湘子に15年間師事
平成8年　「晨」に同人参加。宇佐美魚目に師事
平成20年　東京都町田市で、「都市」創刊主宰

句集に『都市』『さねさし』『朝涼』
共著に『鑑賞　女性俳句の世界』2『現代俳句　新世紀』下『相馬遷子　佐久の星』『俳句のための基礎用語事典』『わたしの「もったいない語」辞典』
俳人協会評議員、日本文藝家協会会員

現住所
〒194-0013　町田市原町田3-2-8-1706

平成・令和の100人叢書㊹

句集　くれなゐ

2020年6月30日　発行

定　価：本体2800円（税別）

著　者　中西　夕紀

発行者　奥田　洋子

発行所　本阿弥《ほんあみ》書店

東京都千代田区神田猿楽町2-1-8　三恵ビル　〒101-0064
電話　03(3294)7068(代)　振替　00100-5-164430

印刷・製本　三和印刷

ISBN 978-4-7768-1498-6 C0092 (3214)　Printed in Japan